혹시나

혹시나

초판 1쇄 발행 • 2013년 12월 6일
초판 2쇄 발행 • 2014년 10월 1일

지은이 • 함순례
펴낸이 • 황규관
편집 • 엄기수 김은경
디자인 • 정하연

펴낸곳 • 도서출판 삶창
출판등록 • 2010년 11월 30일 제2010-000168호
주소 • 121-838 서울시 마포구 서교동 355-22 우암빌딩 4층
전화 • 02-848-3097 팩스 • 02-848-3094
홈페이지 • www.samchang.or.kr

인쇄 • 신화프린팅코아퍼레이션
제책 • 국일문화사

혹시나

함순례 시집

삶창

혹시나 하는 마음으로 살아가는
우리 삶의 다양한 빛들을 모시고 싶었다
혹시나, 는
둥근 그늘이며 내생의 환幻들이다

팔순의 어머니께 이 시집을 바친다

2013년 늦은 가을

함순례

차례

제1부

제2부

제3부

제4부

제
1
부

궁극

폭설이 내렸다

영동 산간에서 단식이 예정된 날, 천지간 눈에 잠든 길을 찾아 밤 이슥하여 마을 초입에 당도하니 누군가 달빛 푯말을 펼쳐놓았다

"다만 걸어서, 발자국을 따라오십시오"

맛의 처소

물메기가 제철이라 했다

촌놈횟집 밥상에 올라온

별다른 양념 없이 구들구들하게 쪄낸 물메기찜

무르고 연한 살성이

처처 맛을 들인 곳간이라는데

너무 착해서 바보 같은 당신

너무 차가운 당신

너무 슬픈 당신

사람의 맛도 무수한 '너무'를 넘어서는 일

알 수 없는 곳으로 흘러가는 황금의 나라에서

때때로 아무것도 아닌 당신과 내가

모자라거나 넘치지 않는

부드럽고 찰진 사람의 낯을 간직하기란

얼마나 힘든지

내 이름에 달라붙은 순할 順

이 무구한 업을 시시하다 여기며

독하게 몸을 달궈온 날들이 차마 쓸쓸해졌다

저쪽 사원

산길은 무덤을 향하고 있다
산책길 찾아
이 길 저 길 더듬어보니 그렇다
가격家格에 따라 무덤의 위용과 무덤으로 가는 길이 달
랐다
사람은 죽어서도 평등하지 않았다
나의 후생은 사람 두엇 걸어 들어갈 수 있는
숲길 하나 얻는 것일까
혼자는 외로우니 두런두런 말 섞으며 걸어가면
어떤 슬픔도 측백나무 향처럼 부드러워지겠다
잘 죽기 위해 오늘을 사는 것
하지만 저쪽 세상을 나는 모른다
발을 딛지 못하는 허방일까 황홀한 꽃밭일까
나는 저쪽 세상의 색깔을 모른다
양지바를까 짙푸른 미명일까 암흑천지일까
저쪽을 들여다보기에 이쪽은 너무 캄캄하다
그러니 저쪽은 가보지 않은 사원이다

은은한 경배의 자리다, 다만 때가 되면

울지 않고 돌아가는 것

그 길은 만날 수도

만나지 못할 수도 있다는 걸 어렴풋이 알 뿐이다

담양

나는 왜 누가 내놓은 길만 따라왔는지
이 겨울 산골에 들어온 건
사랑을 놓치고 사랑에 서러워서였네
무덤이나 농지에서 끝나버리는 길
능선 너머로 잇대어보고도 싶었네
죽어서 가는 곳은 무덤뿐 아니니
사람이 밥심만으로 살아지는 것 더욱 아니니

나의 무기는 일심 깡다구였네
거친 나무 걷어내고 덤불 가지 쳐내며
적막강산에 구부러진 두 손 내밀 때마다
바람이 붉디붉게 울었네
몸집 큰 산꿩은 팽팽한 봉인을 풀고는
늑골에 고여 있던 그늘을 베어 물고 사라졌네

햇살 한 평
햇살 두 평

숲 가운데 오솔길이 구불구불한 등뼈 드러냈네
누구와 이 길을 걸을까
따순 볕이 가슴까지 차올랐네

길을 냈네

세 남자의 독법

　올백머리에 일생 한복을 입은 첫 남자, 자수성가의 표상이었다 지극히 부지런하고 흙과 나무를 다루는 솜씨가 뛰어났다 전업은 농부였으나 토정비결과 책력 보는 법을 알았다 그러나 실패라든가 휘어지는 법을 배우지 못했다 한 해 농사 홍수에 쓸려나가자 그의 정신은 맥없이 무너졌다 알코올중독자가 되어갔다 세상에 대한 의심 키우며 자신을 학대했다 어느 신새벽 뜰팡에 쭈그려 앉아 그 징글징글한 의심의 아가리에 농약을 들이부었다 생전 다져놓은 마당이 가뿐하게 그의 몸을 받아주었다

　열넷에 학업을 작파한 두 번째 남자, 스물한 살에 가장이 되자 우사 늘리고 소를 사들였다 산밭 가득 뽕나무 심었다 소값 파동이 불어닥쳤고 뽕밭은 풀섶이 되어갔다 덤프트럭 운전을 했고 화원을 차렸다 거칠기 짝이 없는 그가 풍란을 다루는 솜씨만은 예술이었지만 근면의 밑끝은 짧디짧았다 사업이 자릴 잡기 시작하면 으레 사람을 부렸다 손대는 족족 말아 드셨다 누구는 매사 운이 따르

지 않은 탓이라 안타까워했고 누구는 게으름은 하나님도 구원하지 못한다는 말로 치부했다 인간의 숲에서는 무얼 해도 춥고 배고팠던 그는 풍란 캐러 산으로 갔다가 돌아오지 않았다 어느 낯선 하늘의 행불자를 선택했다

세 번째 남자, 돈키호테였다 허우대 멀쩡하고 언변이 좋았다 유년에 벌써 총명한 머리 인정받아 밝은 미래를 점쳤으나 노력이 받쳐주질 않아 그냥저냥 살았다 매사 습득이 빠르고 의협심 강했으나 그의 적은 여자였다 한 때 반짝 노력하여 얻은 경찰공무원 시절, 첫사랑에 홀려 야반도주했다 거창하게 사표까지 냈다 민중을 구하지도 여자를 구하지도 못한 채 한세월을 회복 불가로 살았다 사이, 여전히 얼굴은 반반하나 그뿐인 여자들이 그를 스쳐갔다 기이한 일은 그의 재기가 여자로부터 온 것, 얼굴 이쁘고 착하기도 한 여자가 신의 선물처럼 왔다 이제 그는 생의 반구비를 돌아 세상을 다시 읽고 있다

감포

태풍이 몰아쳐도 오봉은 달린다
포구의 꽃 김 양은 거센 파도 밀려오는 선창에 스쿠터를
댄다

먼 바다와 맞장 뜰 일에 눈 벌겋던 사내의 어깨가
다방커피에 녹아들며 은근슬쩍 김 양의 허벅지로 쏠린다

서로서로 깍지 낀 채 스크럼을 짜는 폭풍전야

아가 어르듯 말 같은 사내를 받아내고 있는 저 무릎 안
장에 엎드려
나도 그만 인간적으로, 수컷이 되고 싶은 그런 날이다

엄마와 열흘

바닥에서 일어나는 게 얼마나 힘든데 니 집은 여즉 쇼
파가 없구나 집에 들어서자마자 소파 타박이시더니 거실
한가운데 방을 들였네 아파트 중앙난방의 부실한 온기
이불 속에 켜켜이 여미시네 이불에 앉아 밥 드시고 이불
에 앉아 홍시 드시고 이불 속에 발 묻은 채 유자차 드시네
나도 마주 앉아 차를 마시다가 요 바닥에 널어놓은 엄마
빤스를 보고야 말았네 척척하게 이게 뭐야, 빨랫줄에 내
다 널으려고 일어나는데 몸 무거운 엄마가 어찌나 날래
게 빤스를 움켜쥐고 늘어지시는지, 윤 서방 보잖니! 하 그
순간엔 할마시 여유가 따로 없었네 물색 고운 양말 자랑
하실 때 세끼 밥상 물리면 설거지 끝나기 전 양치하고 머
리 반지르르 물기름 바르고 나오실 때 알아 모셨어야 했
던 것, 그 후 난 가는귀 먹은 엄마와 왕왕 소리 지르며 말
하다가도 빤스 생각에 큭큭 웃었네 있는 동안은 손에 물
묻히지 마시라는 딸년 등쌀에 손발이 접히신 엄마, 이불
한 자락 성채에서 오롯이 잘 드시고 잘 주무셨네 팔순의
엄마는 순한 아기가 되셨네

배추밭 역사

좀 색스럽기는 한데 말이지 내가 저이를 알게 된 사연인즉 저이 개와 우리 집 개가 눈이 딱 맞아버린 거지 두 놈이 고샅 어디 가릴 것 없이 남세스럽게 엉겨붙더니 배추밭을 깔아뭉갠 모양이야 어쩌면 좋겠느냐고 저이가 찾아와 통성명을 하게 되었는데 나야 출퇴근하는 사람이고 저이야 펜션 지키는 붙박이니 동네 소식 먼저 꿰게 된 건데 처음 만나는 이에게 듣는 자초지종치고는 참 어이없고 멋쩍기도 하고 기분 묘하대 바람 난 딸년 단속 못 한 애비 같기도 하고 여튼 말이야 그 배추밭 임자가 중소기업 사장이라나 여긴 이따금 별장처럼 다녀가는 곳인데 아무리 말 못 하는 짐승 탓이라고 모른 척할 수 있느냐는 게 저이 생각이었어 처음 본 자리였는데도 젊은 사람이 되었다 싶더만 기껏 수소문하여 연락한 배추밭 임자는 배춧값 물어내라 대뜸 얼굴을 붉힌 모양이고 저이는 두말없이 배추 열 포기 값으로 오만 원을 쳐주었다는 거야 그러면서 저녁답에 막걸리 들고 와선 이거 우리 견사돈 아니냐 농을 던지며 내가 반타작하겠다는 것도 한사코

22

만류하는데 아 저 사람 참 진국이구나! 또 한번 알아봤지 더 생각할 것 없어 싹싹하고 의리 있고 저이 됨됨이는 내가 보증하니까 둘이 자알 만나봐아―

　　화가 선생 중매에 팬션지기 노총각 빙긋거리고 팬선 손님 그니도 방긋거리고

금성공원 약수터

검정 물들인
뽀글뽀글 파마머리들이
놋요강 같은 궁둥이를 돌리고 있어요

이른 봄 영감 앞세우고 천지가 허공인 김 할매
할배 늦바람으로 속이 문드러진 정순 할매
피차 불편한 눈물 사연들이
말라붙은 물줄기 잡아보는데요
난데없는 밀착으로 숨 가쁜 땅은
목축이며 올려다본 하늘은
폐경의 구름 열어젖히고 꽃바람
꽃바람 불러들이는데요

왜 그리 살가운 정만 소복하다냐
눈물 흘린 적 많은데
구들장 지고 누워 있을 수 없었어
해 뜨면 여 나와

그냥 돌고 돌았어

카세트테이프 돌리고 돌리며
엇박자 스텝을 헤아려보는 발, 발들이
물봉선 터뜨리는
육 박자 쿵짝의 아침

면도 세배

볼을 부풀리거나 한껏 턱 끝 세우고
주름을 펴는 섬세한 손길들이여
면도 스킨은 강렬하고 터프하게 뿌려주어야
완성되는 거지 그러고는
수컷 향기 진하게 풍기며 휘파람 날리며
거릴 활보하는 거지

아들도 남자가 되려 한다
주민등록증 발급 기념으로 면도기 선물을 받고 싶단다
나지도 않은 수염 깎겠다고
수염 깎는 법을 가르쳐달라고 조르더니
이젠 아빠 것 말고 제 것을 갖고 싶단다

열여덟 살이면
세상 거머쥐고 싶은 게 생길 나이
뿌리가 근질거리고 온몸 뿌듯해져오는가
일생 제 자식이 포효할 날이 오리란 믿음을 놓지 않는

어미

   본능적으로

   사냥감 쫓아 숲 속을 맹진하는 붉은 호랑이 그려보는데

   욕실에서 나온 아들이

   한결 착해 보이는 얼굴 들이밀며 씽긋, 웃는다

   엄마 새해 복 받으셔

벽 안에 사람이 산다

새로 도배하면서 감쪽같이 스피커를 봉했다

시도 때도 없이 고요를 흔들고 가는 방송이

슬쩍 귀찮았던 것인데

옥상 난간엘 두 번이나 오르내린 사춘기 아들 쓸어안고

먹장처럼 깜깜한 날

벽지 한 장의 긴장을 뚫고 또 그가 왔다

꽃무늬 가면을 쓰고 저리 또렷한 소릴 내다니!

황사 걷혔으니 창문을 열라는

굵고 지긋하신 목소리가

내 안 둥그런 슬픔의 물관 파고들어서

얼굴 없는 그를 아득히 올려다본다

매번 차임벨로 노크하고

헛기침 두어 번으로 가다듬지만

밤잠 설친 듯 목소리 탁할 때도 있는 걸 보면

그에게도 거둬야 할 식솔들이 있으리라

휘파람 불며 스쳐 가도 그만인

내 눅진한 살림 안쪽으로 줄기차게 말을 건네는

저 지극함은 무언가, 그러므로
딴살림 챙기며 늙어가는 그의 본색은
벽 안 살림,
어리석은 내가 끝내
봉인할 수 없는

장수풍뎅이

그는 갔다
좁쌀만 한 점으로 나와 톱밥 삼키며 건디다가
가까스로 껍질 벗고
늠름한 뿔로 암컷에 닻을 내릴 수 있었으니
그 밤들이 참으로 깊고 후끈했다는 거
차마 다 전하지 못하겠다

그는 돌아, 갔다
우렁우렁한 목청으로 비바람을 경작했던 아버지
수컷의 신화를 남긴 채
눈물 한 자락 훔칠 여백조차 지우고 갔다

짧다 하지 말자
뿔을 낮춘 그의 뒤란
홀로 걷는 숲의 어디쯤
푸른 정령이 되어 기다리고 있을 것이다

검은무당벌레

수목 소독을 하자

벌레들이 우수수 떨어졌다

배를 뒤집은 채 가느다란 다리 바르르 떨고 있거나

지나가는 걸음에 밟혀 온통 으깨져 있거나

꼼짝 않고 인도에 처박혀 있는

주검의 잔해 낭자했다

목련나무 아래서였다

나무에 깃들어 붉은 열매 쪼아 먹고

이파리를 갉아 먹던

벌레들의 생애가 한순간에 지나간 것이다

누군가는 까치발 세워 그 자릴 건너가고

누군가는 아예 멀리 돌아가고

몇몇은 성큼성큼 밟고 간다

스산한 가을바람이 타살의 흔적을 지우며

자디잘게 부서지는 동안

목련 잎잎은 수런수런 저녁에 닿고 있었다

혹시나

마흔 지나자 손님이 찾아왔다

위아래 나란히 혹이 생겼다

본래 악한 녀석들은 아니라 하니

잘 모시고 잘 사귀어보기로 했다

손님도 때때로 기침 큼큼

자신의 존재를 알렸다

유방 한쪽이 찌르르―

예리한 날에 찔린 듯 아파온다거나

종종 허리가 시큰거리고 아랫배가 묵직해지곤 했다

내 안에 무언가 돋아나 단단해지고 있다는 거

미처 소화해내지 못한 내생의 환幻들이다

다른 세상과 눈 맞출 궁리나 하면서

새끼 치고 싶은 욕망에 들끓는 짐승처럼

사십여 년 내리 굴려온 몸이

이제 나를 부리고 가겠다는 신호

혹시나, 우주 너머

잃어버린 나에게 건너가는 환지통은 아닐까

꾀병과 엄살을 섞어 시시로 날 주저앉힐 때마다
갓 태어난 아가 어르듯
행동거지 조심해졌다 말투 더욱 겸손해졌다
멀리 계신 엄마에게 전화하는 날 많아졌다

술국

하루쯤 학원 좀 쉬자 하더니
내가 잠시 조는 틈에 사라진 아들 녀석
얼굴 뿔그족족 술 냄새 확 풍기며 돌아왔다
모든 게 갑갑하다고
불안하고 두려워 미치겠다고
왈칵 눈물을 쏟아낸다
이튿날 아침 식탁에서 콩나물 황태국 마주하더니
은근히 놀라며
고개 외로 젓고는 국 한 그릇 말끔히 비워낸다
가슴 철렁 쓰라린 에미 속을 위한 국물인 줄
아는지 모르는지
속이 풀리신 아들 녀석
가방 메고 짐짓 아무렇지 않다는 듯
현관을 나서는 것이다

제
2
부

문조가 두고 간 세상

집 비운 사이
새는 새장을 빠져나와 소파 등받이에 내려앉아 있다
알맹이만 쪼고 뱉은 조 껍질은 사방으로 흩어지고
싱크대로 화장대로 책장 위로 맘껏 날아다니면서도
제가 빠져나온 곳은 모른 척하거나
무심했다

나는 물과 먹이 드나들던 길을 바라보며
고요해졌다, 물방울 튕기며 깃털을 다듬고 손거울 바라
보며 호르르— 울던
새의 노래가 그리워졌다
찌꺼기 가라앉히고 맑게 뜬 청주 같은
부드럽고 연한 새소리는
긴 발효의 날을 걸어와 내민 둥근 악수였으니

나는 기꺼이 새장 속으로 들어간다
새털 머리핀으로 치장하고 횟대에 앉아 입술을 오므리

고는 후― 후―
　헛바람에 터질 듯한 가슴을 그러쥐고
　밤새 새똥을 싼다

　지난 계절의 노래를 하나씩 들춰낸다[*]
　아름다운 문조가 미련 없이 두고 떠난
　거대한 새장 안에서
　날마다 필사적으로 목청을 가다듬는다

　이 노래로 밥 벌어먹고 살겠습니까
　박자를 놓친 노래가 하나씩 쌓여간다

[*]백상웅의 시 「통속의 개인사」에서 차용.

만 원, 봄봄

봄비 내리는 날이었어요 회의가 끝나고 어느 길을 찾든 慾의 숲에 닿을 수 있는 일이어서 삼겹살 소주로 뱃속을 달래었는데요 오랫동안 핏줄로 흘러온 이름이 바뀐들 그 대론들 중심에 묻은 뿌리 쉬이 흔들리겠느니 봄비는 주룩주룩 내렸습니다 피가 뜨거워 아프고 아파서 차가워진 주름살들, 누구도 자릴 뜨지 못하고 탱크 호프집으로 이어져 밤은 깊어졌고요 그만 일어서는 날 잡아끈 동만 시인이 불쑥 주머니에 무언가 찔러주었어요 거짓말처럼 비가 그치고 서울 불빛은 표정이 살아나 출렁였는데요 종일 내린 봄비가 새순 틔워내는 눈물이었는지 꼬깃꼬깃 네 번 접힌 만 원의 주유로 심야버스에 오른 나도 봄봄!

카불에서 온 편지

머리카락을 잘랐어요 길게 땋아 내린 흑단 같은 머리카락이 커다란 무쇠 가위에 싹둑 잘릴 때 훅 끼쳐오던 쇠 냄새, 차갑고 슬픈 냄새였어요 가슴 한쪽을 도려낸 듯 날카로운 통증이 온몸 휩감았지요 서러웠어요 여자라서 학교에 갈 수도 함부로 말할 수도 일을 할 수도 없는 아프간의 딸, 제 이름은 마리나예요 머리카락을 잘랐어요 내일이면 소년이 되어 세상 밖으로 나가야 해요 죽은 아버지 옷을 고쳐 입고 할머니와 엄마 대신 빵을 구해야 하죠 문밖으로 한 발짝만 나서도 독한 먼지바람에 휩싸이는 환상에 짓눌려요 남장을 하고 일하다가 검은 탈레반에 발각되면 끝장이죠 무서워요 눈물이 멈추질 않아요 할머니는 흐느끼는 내 머릴 쓰다듬으며 오래된 얘기를 반복해요

"옛날 옛적에 한 소년이 살았단다 그 애는 일을 해서 여동생들 부양해야 했지 일하기가 싫었던 그 아이 여자가 되게 해달라고 기도했단다 어느 날 천사가 나타나서 무지개 아래로 걸어간다면 여자가 될 수 있을 거라 했지

천사가 말했단다 하느님이 비를 내리고 난 뒤 우리에게 주시는 선물이 무지개라고, 남자가 거길 걸어가면 여자가 되고 여자가 지나가면 남자가 되는 거야……"*

    그럴까요 비가 내리고 무지개를 만나면 나는 다시 여자가 될 수 있을까요 행복해질 수 있을까요 나는 울음을 거두고 마당으로 나가 땋은 채 싹둑 잘린 머리카락을 화분에 심었어요 마른 흙을 붓고 물을 주었어요 희뿌연 먼지바람이 얼굴을 쓸고 가는 중에도 머리카락 꽁지가 꽃처럼 펼쳐졌네요 제 이름은 마리나예요 이제 열두 살이죠 내일 아침 저 문을 열고 나가기 전에 이 화분을 멀리 계신 당신께 보내요 머리카락이 자라는 화분이에요 카불의 뒷골목 가난한 아프간의 딸, 마리나의 무지개가 자라는 화분이에요 내 대신 잘 키워줘요 황폐한 먼지바람에 날아가지 않도록 물도 주시고 나직나직 이름도 불러줘요 날 기억해주세요 내 이름은 마리나, 마리나예요

＊영화 〈천상의 소녀〉에서 인용. 탈레반 정권 붕괴 이후 만들어진 최초의 아프가니스탄 영화.

진이부작 陳而不作

조선 왕실은 음악을 귀히 여겼네
왕이 승하했거나 흉년 들어 백성이 기근에 시달릴 때는
악기는 진설하되 연주하지 않았네

포기할 수 없는 풍류와 지극한 긍휼과 배려의 중첩
캄캄한 슬픔과 배고픔을 녹이는 풍경

내가 당신에게
당신이 당신에게 이웃한 말
이심전심으로 건너가라는 말

그 말씀 듣고 진종일 입이 귀에 걸렸지
부적처럼 손에 쥐고 사탕처럼 녹여 먹으며 달콤했지

차가운 질투와 애증
경쟁과 불통에 시달려 마음이 식어버렸으니
술과 사람을 피해 내내 어두웠으니

내가 나에게

당신과 당신에게

소리 없는 노랠 불러도 좋으리

역방향

기차가 달린다
마을과 들판과 가로수가 따라온다
힐끗 돌아보면 뒤밟듯 따라오다 반듯이 지나간다
돌아앉은 것은 나지 그들이 아닌 모양이다

네 詩는 너무 착해
기차가 달리고, '너무'라는 말은 거꾸로 거꾸로 속도를
낸다
귀를 기울이면 마음의 불 삭이지 못한 채
너무도 빠르게 달려간 아버지의 숨결이 들려온다
그 어두운 바닥, 레일과 레일 사이
부수어지고 깨진 자갈이 길을 만들듯
착하지 않은 돌멩이의 버둥거림

그러지 않았다면, 내 詩는 머리칼이 다 뽑혔을 것이다
이름에 순할 順 자를 지니고 자라서가 아니다

기차가 달리고, 내게서 돌아앉은 나는
아주 천천히 강가에 닿는다
바다로 흘러가는 저녁
내 더운 피 풀어놓느라 금세 붉게 물든
강물에게 미안했다

웃는 시

달맞이 고개 넘어 바다로 가는 길

도로변에서 '한국시'를 보았다

간판이다

그 끝엔 '한국시인' 좀 작으나

핏빛 노을 같은 붉은 낙관까지 찍어놓았다

나른하게 고여 있던 자동차 안이 일순 술렁거린다

위대한 한국시인이 살고 있는 집?

봄 들판이 휙휙 지나간다

'시' 자만 봐도 '시인' 소리만 들어도

속엣것 수만 길이 꿈틀거리는

아무도 모르게 품에 넣고 다니다가

무덤 속에 누워서도 야금야금 꺼내 먹을 수 있는

문장 하나

잘 익은 시 한 편

울컥 뜨거워지는데

누군가 에잇 국숫집이잖아, 크게 웃는다

아뿔싸! 되돌아갈 수 없는

제 살 파먹는

푸릇한 이 길도 도장이다

숨

　오랜 시간 몸 달구고 마음 기울였더니 일 아니고는 안부가 궁금하지 않아 도무지 그리움이 타오르지 않는 자리, 작가회의 살림지기 물려주었다 석화처럼 굳어 사람 좋아하던 속알마저 너덜해져서

　비로소
　사람의 단 냄새가 등 뒤에 닿았다
　살 것 같았다

아직도 고백 중

은희를 사랑했어요 은희 좀 불러줘 술에 취하면 아직도
사랑의 역주행 중인 광덕 씨, 밤나무 민박에 들어 불 피우
고 일각이 지나기 전 대취했다 실제 고속도로에서 역주
행하다 경찰에 인계된 일도 있었다는데 그날도 십 년 만
에 고향 친구들 만나고 대취하여 돌아오던 길이라 했다

웃을 때는 천상 하회탈 형상이나 까무잡잡한 이마에 굵
게 파인 일자 주름 모으면 한 성깔 다부져 보이는 사내,
그가 강력반 형사라고는 차마 말 못 하겠다 악착같이 도
망가는 놈을 잡으려면 내가 그놈보다 더 악착같으면 되
거든요 그런데 은희는 내겐 좀체 떨리지 않는다는 은희
는…… 난 누굴 떨리게 할 수 있을까요……,

사랑에 유배당한 쓸쓸한 짐승이 컹컹 짖으며 제 살 물
어뜯는 밤이면 이십 년 지나도록 고백 중인 사랑이 도진
다 누구도 못 말리는 깡 촌놈의 사랑

밥 한번 먹자

네가 차려준 밥상이 아직도 기억에 있어
허기진 배를 움켜쥐고 너희 집 앞을 지나다 받았던,
첫 애기 입덧 내내 네가 비벼준 열무비빔밥 간절했어
네 자취방의 아침밥도 잊을 수 없어
내가 차렸다는 어린 날의 밥상들이
이십 년 만에 나간 동창회 자리에 그들먹하니 차려진다

외로우니까 밥을 먹었다
분노와 절망이 바닥을 칠 때도 배가 고팠다
눈물밥을 삼킬 때조차
혀끝을 돌려 맛을 기억했다

밥을 위해 땀을 흘리고
밥을 위해 비겁해지고
밥을 위해 피 흘리며 싸우고
밥을 위해 평화를 기도한 날들
오래된 청동거울 같다

땀을 흘릴 때 누군가 밥을 주었다

비겁해질 때 누군가 고봉밥을 퍼 주었다

피 흘리며 싸우고 온 날

휘청거리는 내 손에 쥐여주던 숟가락 있었다

먹어도 물리지 않는 사람의 밥

먹고살 만해졌다지만

밥 한번 먹자,는 인사 습성을 버리지 못한다

첫눈, 이라는 사내

까만 선글라스를 쓴 사내
바바리코트에 보스턴가방을 든 사내
나를 스쳐 힐끗, 지나가는 사내를 따라간다

출장길인지 여행길인지
영화 속에서 방금 걸어 나온 듯한
사내의 뒤밟으며 살짝 웃는다
구멍 숭숭 뚫린 하늘도 내 편
잡힐 듯 말 듯
저 무진장한 등짝을 툭툭 쳐볼라나

그는 먼 우주로 달려가는 기차처럼
꼿꼿한 중년, 나는 마흔여섯
꼭지 풀린 계집애처럼
희디흰 영화처럼, 잊힌 나를 던져 눈밭에 눕는데
언뜻언뜻 성글어지면서 사라진다
잠깐 사이

감쪽같이 사라진다

그가 남긴 발자국이 반짝, 햇살에 어렸다
첫눈 오시는 날

맞선

한 여자가 올라오고 있다
하이힐 소리가 시시한 밤길을 확 잡아챈다

삼백육십오 일 홀로 끓여 먹는 끼니와
어쩌다 바깥을 돌고 돌아 혼자 드는 방
기척 없는 문고리의 서늘함을 풀어놓던
한 소설가의 말이 뚝 끊긴다

긴 슬픔을 걸어온 듯한 여자
느릿느릿 짧은 스커트 추켜올리며
엉거주춤 이어지는 걸음하며
물맛이 쓸쓸한데

따라가 볼래요? 어쩌면 서로의 핏줄에 길을 낼 수도, 이
를테면 一家를…… 살, 林 속으로 성큼!

세상을 받아 적는 일과 한 여자 받아 적는 일을 견주랴

때마침 푸릇한 밤바람이 느티수 이파릴 흔들어대는데

깜냥껏 미끄러지며 지난 줄기를 퇴고해도 좋을

가을밤

궁합

갑상선 기능 항진증이라 했다, 느리고 순한 얼굴 어디에 굽이치는 파도를 숨기고 있었는지 그의 하루하루는 지느러미 세우고 물살 헤치는 고래처럼 항진, 항진이겠다

갑상선 기능 저하증이라 했다, 일을 겁내지 않던 그녀는 사람 좋아하던 마음도 희미해지고 온몸 부어올라 배설이 되지 않는 날들이 쌓여갔다

두 사람 달라도 너무 달랐다 대장 검사로 밤새 관장액 마시면 바지 지퍼가 올라가지 않아 끙끙대는 그녀와 달리 그는 눈 쾡해지고 다리 후들거려 부축받아 병원 간다는데

남자와 여자가 바뀌었단 말을 들을 정도로 조용하고 부드러운 그와 날렵하고 도전적인 그녀, 겉보기와 다르게

서로 다른 극점을 달리는 호르몬은 그렇다 치더라도 내

외간 나란히 아플 것은 무어냐 그러나 무릇 궁합이라면
수놈과 암놈의 평행이 이 정도는 되어야 하지 않겠나

서해바다 노을 저편

어린아이가 흥건히 젖은 채 울고 있다
높은 파도에 휩쓸렸는지 두 눈 꼭 감고 다만 공포를 쥐
어짜며 울어젖히는데

운다는 건
울음 밖으로 이끌어줄 어떤 손길을 기다리는 것
그래, 울 때는 저리 악착같이 울어야 한다

어느 새벽 아무리 해도 멈추지 않는 코피가 서러워 천
지가 외로웠을 때처럼 이미 나를 지나간 사랑에 떨며 쏟
아놓은 통곡처럼

최선을 다해 울고 싶다
그 붉은 귀를 열고 들어가면 기쁨이나 슬픔 같은 것, 맹
감 알처럼 떫어져서 둥글어져서 단단한 뿌리로 자랄 것
만 같아서

소심 小心

　중국 심천에서 小心을 만난다 지하철 난간이나 출입문 더듬거리는 곳마다 붉은 글씨가 마중한다 허둥거리는 한 발 안으로 들여 마음을 작디작게 하라는 당부라 생각하니 째째한 이 일컬어 소심하다 내뱉던 말, 난감해진다 소심 소심 여행하는 동안 일희일비로 끓어오르던 욕망의 뒤란이 말랑해진다 그것이 素心에 닿는 일이던가 생은 결을 만져주는 일, 누군가의 결을 쓸어주는 건 뒤란 보이지 않는 주름에 소심하는 일이다 위태롭지 않다, 그 중심!

제 3 부

첫눈

서울 모퉁이에
집 한 채 들였습니다
웃풍 심한 살림에도 찡그림 없던
시누이
저리 펄펄 납니다
십사 년 재채기 다 쏟아내어
사뿐,
사뿐,

배꽃 송가

낮달 같은 달빛 같은

배꽃이 피는 사이

밥알 같은 멀건 흰죽 같은

배꽃이 피는 사이

쌀뜨물 같은 얼룩 같은

배꽃이 피는 사이

메마른 눈물 끝에서

배꽃이 화르르 피는 사이

짧은 한 생애가

깃을 접고

신발을 벗고

배꽃 속으로

그대로 희디흰

배꽃 속으로

문병 가자

한 선배는 죽고, 한 선배는 늙었다

아프지 않은 세상으로 떠난 선배는 환하게 웃고 있고
늙은 선배는 가슴뼈 드러내며 울고 있다 몸이 곯아 먼저
간 녀석도 아프고 그냥저냥 버티고 있는 놈들을 봐도 아
프다, 늙어가는 선배를 경청한다 누군가 떠나고 나서야
우르르 상가에 모이는 신발들은 깃발 여행처럼 창백하다
생전의 밥 한 끼가 얼마나 참한 배웅인가

조문은 너무 늦은 안부
차가운 안부, 꽃그늘 어질어질한 봄밤을 견디고 있다

오 여사 수지 입성기

머릴 감고 나면 연신 빗질을 해야 함함해지는 겨 멀쩡한 여편네들이 왜 그리 짚북데기마냥 하고 다니는지 마뜩잖드라 수지 노인정 할망구들이 죄다 그려 옷만 멀끔하면 뭐햐 머릿결이 함함하지 않으면 말짱 도루묵여 사람도 그려 날 세우고 살어봐야 남는 거 옰어 함함하니 부드러워야 폼이 나는 겨 암튼 말여 하루이틀 아니고 노다지 붙어 있는 할망구들이 짚수세미마냥 덤불을 지고 있으니 영 심란하더라니께 그래 날 잡아갖고는 일러줬지 노인정에 나가 머릴 감고서는 손질하는 걸 뵈준 거여 함함하다는 걸 제대로 뵈준 거여 이제는 수지 할망구들이 죄 함함해졌어

꽃춤

벚꽃잎 바람에 실려 돌아가시네

먼 길 걸어와
후끈하게 달아오른 온몸을 열어
절정에 올랐다가
미련 없이 길 떠나는
저 비릿한 난장蘭章,

정류장 빈 의자에 잠시 올려놓은
맨발로 가는 생의 첫 마음을 읽네
신발을 벗듯
일생 꽃피우겠다는 중심을 향해
바짝 나투시는
꽃의 일념은
제 몸 향기로운 혈관을 짜
우주의 통로를 여는 일

가벼워라, 바람은 참 맑아서
꽃 진 자리 눈뜬 새잎이 허공을 밀고 가네
꽃나비 떼 무진무진
물들이며 날아오르네

목숨값

갓 스무 살 큰언니와 눈이 맞은 가난한 시골 청년은
우리 집 마당에 무릎 꿇어 앉아 밤을 새우고
찬물 한 바가지 뒤집어쓰고 쫓겨나고
방문 걸어 잠근 채 곡기를 끊고

가난한 삼대독자 청년의 어머니는
눈물바람으로 달려와 읍소하고
아버지에게 욕 진창 드시고 핏기 없는 걸음 돌리시고
윗말 아랫말 소문은 흉흉하고

남의 집 귀한 아들 잘못되면
그게 더 큰 욕이라 생각하신 엄마는 베갯머리 송사로
아버지 달래기를
몇 날 며칠,
대문을 박차고 나선 아버지의 일갈이 이랬다

내 그놈 목숨값을 받아야겠다!

열세 살 내게 첫 형부가 생긴 사연이다

혼례 치른 지 네 해째

세상을 뜬 아버지 대신 큰형부는

우리 여섯 아우 아비 노릇 오라비 노릇으로

그 목숨값 톡톡히 치른 셈인데

목숨 걸고 살고 싶은 이가 있다는 건 행복한 일인가

뜬금없이 궁금해지는 날이 많다

어느 날 큰형부는 삼십 년 지난 세월에도 빙긋 웃으며

천천히 대답하신다

언니 아니면 벌써 산 사람 아니었다고

자신의 목숨값은 자신이 매기는 거라고

까마귀 울 때

제주에 갔다, 어디에도 없었다,

언 발로 변시지 미술관에 닿았을 때는 바람도 하늘도 바다도 황톳빛으로 물들어 뚜벅뚜벅 걸어왔다 허리 숙이고 물허벅을 지고 돌아오는 어머니가 계셨다 오늘도 무국을 끓이려 한다 하셨다 뿌리가 튼튼해야 어디서든 춥지 않을 거야 제일 먼저 부뚜막에 오르는 무국 한 그릇, 기울어진 초가를 받치고 있는 긴긴 기다림이 누릿했다 어머니 부탁한다, 한마디 남기고 감쪽같이 사라진 오빠가 희어져 희어져 눈부셔서 누르스름했다 거센 파도도 햇살도 누렇게 잠들었다 사이좋게 이마를 맞대고 있는 해송 두 그루 보이나? 보이나? 까악깍 돌담 위에 앉아 누군가 제주 수목원에서 보았다는 또다시 흔적을 지운 오빠를 기다렸다

추석 무렵

빗물은 홈통을 타고 세차게 흘러내린다
연일 비 소식
비도 어딘가 바삐 달려가는 것만 같다
비의 고향에도 양철 지붕과 돌담이 많을까
회색 기와가 고즈넉한 그런 마을인가
발걸음 타다닥 세우고 달려가는
비의 행방을 쫓아가면
처마 끝 빗소리 들으며
라디오 끼고 깔깔거렸던 풍경에 닿을 수 있을까
폭우에 잠긴 벼 포기와 씨름하던
아버지와 만날 수 있을까
적막이 내려앉는 이른 아침
빗방울이 굴러떨어지는
대추나무 이파리는
이리저리 흔들리는 마음 내비치지 못한 채
꾸중 듣고 서 있는 아이처럼
엉거주춤

빗

금 가고 이 빠진 빗이 방바닥에 떨어져 있다

가르마 탈 틈 없이 엉킨 곡면을

십수 년 훑어 내린 저것

뒷등 지워진 무지개는 어머니 손금에 박혔나

아무래도 빛이 들지 않는 아들의 창가로

버스는 서둘러 달려가는 중이다

희끗한 빛을 어루만지며

캄캄하게 늙은 어머니보다 먼저

그곳에 당도하려는 듯

뒤꿈치 들고 문지방을 넘어서려는

빗

대추나무 기저귀

1.

어느 집 창에서 흘려보낸 바람인지
기저귀는 착지 전 여윈 나뭇가지를 포근히 감싸고 있다

저 나무와 십여 년 함께 살았다
우리 집 창가에 짙은 그늘 드리운 한때는
볕 도둑이야, 무심코 욕을 내뱉기도 했다

내 어둑한 살림 안쪽까지 쓰다듬던
관세음보살, 지금
울창한 말수 줄이고 줄여
땅속 뿌리로 드는 보법을 익히는 중이다

2.

이언년(1892~1976), 여자는 여든넷에 기저귀를 찼다 구
들장 밑으로 뿌리내리더니 누렇게 말라갔다 누운 나무
같았다 달콤한 왕사탕도 오야 내 새끼도 꿀꺽 삼켜버린

나무, 나는 수시로 그 눈을 열어보다가 엄마에게 등짝을 맞곤 했다 나무는 간혹 양미간 좁혀 그런 엄마를 물리쳤는데, 신기했다 그걸 알아채고 나니 비로소 곁에 누워 큰 소리로 책을 읽거나 일기 쓰는 날들이 가벼워졌다 그의 뿌리에선 자주 냄새가 났다 차갑게 굳어버린 똥 냄새와 지린내 풍기는 날이면 나무는 꼿꼿한 할머니로 돌아왔다 엄마의 찬 손이 이불을 젖힐 때마다 파랗게 뒤척이며 손톱으로 방바닥을 긁곤 했다 하지만 씻기고 나면 분 냄새 향기로웠던 할머니의 아랫도리……,

3.
모든 뿌리는 지극하다
목발에 의지한 채 지푸라기 완장을 푼 대추나무 우듬지에 연둣빛 돌던 봄날 저녁
그 뿌리의 안간힘이 창턱까지 올라왔다

사라진 통장

깜빡깜빡하는 정신을 도통 믿을 수 있어야지 작년에 어지럼증으로 쓰러지고부턴 하루가 다르고 왜 그 안 있냐 니들이 용돈 넣어주는 통장 말여 나라에서 교통비도 넣어주는 그려 그거 다만 얼매라도 뭔 일이라도 생기믄 얼매나 아깝냐 그래 나 서방에게 맡긴 거여 돈 쓸 일 생기믄 나 서방이 찾아다 주고 한데 말여 가끔은 그 통장이 궁금한 거 니들 이름 찍힌 거 보면 얼굴 본 것만치 반갑고 한없이 미안하구 고맙구 가끔은 통장이 보고 싶어지는 겨 혀서 엊그제는 통장 좀 줘보라 혔지 영 말을 안 햐 얼매 필요하냐고만 묻고 은근히 피하기만 하는 거 왜 그러는가 싶더니 원참 기맥혀서 글쎄 통장을 어디다 둔 지 캄캄하다는 거 찾고 또 찾아봐도 어디에도 없다 그동안 돈 찾아오랄 때마다 지 돈으로 준 거였댜 젊은 정신이 그렇게 허술하냐, 내 깜박거리던 정신이 번쩍 돌아오더라니께

겨울 배추

엄동설한에 푸른 결구 채워가는
칼로도 베어낼 수 없는
저 무량한 청춘을 보라
왼쪽 다리가 ㄴ 자로 꺾이는 교통사고를 당하고도
병실 밥상을 책상으로 밤낮 책과 씨름하더니
눈이 펑펑 내린 날
휠체어 타고 대소변 받아내며 기말시험을 치르고는
재수술 받고 새 학기 출석 수업도 받는다며
환하게 웃는 사랑스런 여자
칠십 세를 바라보는
서산 영월 형님

우수, 관음보살

아기 옹알이인가
따개비 몸 부비는 소리인가
개구리가 짝을 찾는 소리

이심전심

감히
소리를 보고자
숨을 멈추는 개골 창가
바람은 한사코, 세차구나

이끼

봉분에 이끼가 돋았다
죽어서는 그늘도 짐이 되는구나
무덤 앞뒤 상수리나무 자르니
앞산 들머리 한눈에 들어온다
어머니 눈을 열어드린 거였다
눈자위 붉게 휘어진 시야
저 이끼로 말씀하신 건 아닌지
아픈 자식을 품고 불공드리러 가던 길
달려오는 자동차 피하지 못한
캄캄한 바닥,
핑그르르 젖이 돌고 계실
어머니의 한 짐
그늘을 베었다

제
4
부

순례기

그러니까, 술래라 불린 적 있다 기일게 수울래 부르면 달빛 강변에서 강강수울래 춤추는 듯, 좀 짧게 부르면 술래야 술래야 머리카락 보일라 숨은 동무들 찾느라 해거름 길어졌다 해례야 달례야 부르는 벗들도 있다 벗들에게 빛 같은 존재가 되라는 의미겠는데 온몸 붉어지는 호명이다 수레라고도, 순네라고도, 첩첩 산골 가시내가 되었다 미소가 둥글어졌다 글 냄새 물씬 나는 필명도 잠깐 생각했지만 지금 나는 태아 적 이름으로 돌아와 있다 들판을 한없이 걸어야 하는 순례에 서 있다 보은 회인 용촌리 백삼십육 번지 일천구백육십육 년 일월 스무여드레 그 하늘에 다시 예를 갖춰야겠다 삼보일배, 슬픈 낙타 발굽 소리와 모래바람의 숨통을 열어봐야겠다

봄, 뜬봉샘에 닿아

—금강 1

　여기 첨벙, 한 발을 담갔을 때 그 파문이 천 리 물길 따라 흘러가는 것

　발원은 그런 것이다
　젖은 바위에 앉아 미처 도착하지 못한 꽃을 기다리며
　내 안 저만치 맺힌 꽃눈에 손 내밀어보면서

금강하구언, 차고 높은

—금강 2

올겨울 들어 가장 춥다는 날

매서운 바람에 맞서 걷는 나포길

강바람은 한 차례씩 눈보라를 일으키고 있었다

철새들이 떠난 얼음강

강바닥 깊은 곳에서 쩌엉 쩡—

강물이 우는 소리 들려왔다

낮게 내려와 그 소릴 받아 적는 하늘빛 어두웠다

우린 왜 비틀거리며 이 길을 걷고 있는지

가창오리 보러 와

가창오리가 남기고 간 강바람

온몸 부르르 떨며 받아 적는지 몰랐지만

서로가 서로의 바람막이가 되어

견딘다는 거

위험에 처한 사람을 외면하지 않는

시베리아 사람들처럼

바짝 어깨 겯고 온기를 나눈다는 거

우리가 그랬다

사대강 사업으로 뒤틀린 금강 자락

차고 높은 나포길에서

우린 사이좋게

장딴지에 힘주고 칼바람을 밀고 나갔다

공산성
—금강 3

벼랑에 박아 넣은 목침에 앉아
펄럭이는 깃발 본다

山에 이르는 데 천년, 쏲에 이르는 데 천년, 쏲山에 닿
는 데는 또 얼마를 건너야 할까

깃발은 쉼 없이 울어댄다
파헤쳐진 강바닥
흙탕물에 잠긴 금강을 추슬러 업고서
이 차디찬 세월 너머, 흰빛
흰빛을 찾아 달려가는 말갈기 같다
속이 썩어 문드러진
성聖,
어머니 같다

천내습지
—금강 4

일 년에 두세 번 큰물 지면
진둠벙 각시둠벙 몸을 섞는데
붕어 참종개 콩중이 검은물잠자리
달뿌리풀 버드나무 왜가리 흰뺨검둥오리
너구리 고라니 멧돼지 오소리 수달
죄 몰려나와 들러리 선다지요
갓 핀 노을 둘러치고
황홀한 초야를 치른다지요

맨발
―금강 5

천내습지 빠져나와
신발 벗어 양손에 끼고 여울을 건넌다
용화리 가는 지름길이다

발목을 감아 흐르는 물의 기척은
가을 구름처럼 푸릇하다
강바닥 돌멩이들이 일제히 일어서는
뾰족, 뾰족, 칼날을 들이미는, 이 소요는 무언가

달콤한 문명에 길들여진
발바닥의 날카로운 비명에
온몸이 여울지고
후두둑 비는 내리고

화암사 도롱뇽

산중 계곡 낙엽 젖히니 알 주머니들이 둥둥 떠 있다

늙은 도롱뇽은 쓸데없는 짓은 하지 않았다는데
그래서 사는 게 지루했다는데

천 개 알을 방사한 저것은 분명 혈기왕성한 수컷이겠다
막 빚어 올린 꽃술을 이기지 못한,

또 한 번
사천왕 같은 눈을 굴리며
발아래 봄 산을 눕히고 있는

배낭

검은 배낭을 메고 출근을 한다

일촉즉발,
빠르게 걸어야 하는 골목은 미끄러워서
매번 지나왔으면서도 오래 낯설다

날마다 밑바닥을 떠도는 여행자
아프리카코끼리를 업고 간다
제 무게가 삶이라는 것
등짐은 때로 집이 된다는 것, 하여
이 슬픈 정글에 작달막한 날 부려놓은
어머니와 어머니
그 초식의 진동을 메고 걷는다

교정 원고와 점심 약속과 이런저런 밥
등에 지고 걸어야 할
저 눈 시린 허공들

다 말할 수는 없는 일이어서

오늘도 배낭을 메고 걷는다

몽염夢殮

사방 연둣물이 번지는 좋은 계절이었어 암 선고 받자 대뜸 죽기로 한 거야 검은 혹이 온몸 갉아 먹기 전에 맑은 영혼으로 떠나기로 결심했지 이 뜻에 날개를 달아준 팔순 외숙과 내 어릴 적 환담을 나누는 이모들이 모여 웃고 떠들었어 지짐을 부치고 베란다에 나가 담배를 태우는 저마다 표정들이 흥성했어 마치 내 결혼식 전날 같았어 웃기는 일이지만 어쩌겠어 꿈이 그랬어

이튿날은 외로웠어 정리한 통장과 보험증서들 책상 위에 놓아두고 나는 방 안에 덩그러니 누워 있었어 열두 살 아들에게 양식이 되고 학비가 되어주겠지 글썽이며 마음 다독이며 그런데 가까운 피붙이들이 도통 오질 않아 엄마도 오시질 않고 꽃무늬 벽지를 세고 또 세며 멀거니 외로웠어 문밖은 떠들썩한데 외로웠어 내내 뵈지 않던 그이가 들어왔어 깡마른 얼굴 멍한 눈빛을 당겨 앉히고 어린것 당부를 수백 번은 한 것 같아 그이는 대꾸가 없어 야속한 마음도 잠시 양 볼이 옴쑥 파여 들어오면서 어느 결

나는 홀연히 일어나 누워 있는 날 바라보고 있었어

　이건 뭐 삼일장 치르는 것도 아니고, 나는 거리를 떠돌
고 있었어 부자는 길거리 식탁에 수저를 놓고 밥을 나르
고 있었어 한 끼니 식사를 위해 모여드는 사람들 누추한
낯빛들은 고즈넉했어 아이는 밥솥 곁에서 꾸벅꾸벅 졸고
있고 말이야 이건 반칙이지 아이 공부 시킬 돈으로 누가
밥 퍼 주랬어 그이 귀를 잡아당기고 등짝을 때렸어 바람
을 타고 온 메아리가 허공 속으로 날아갈 뿐 그이와 아이
는 날 알아보지 못했어 떠나는 건 사랑이 아니라고 온몸
으로 보여주는 듯했어 식구 떠나보낸 빈자리에 또 다른
식구들을 앉히고 있는 마음이 아팠어 그들 곁을 맴돌며
꿈속에서도 아팠어

　사흘 내내
　연속극 같은
　꿈

바깥이 불편하다

당신에게 가는 길을 놓았습니다

할 일과 하고 싶은 일 사이에서
마음 밖을 떠돈 지 오래
바깥에선 더 이상 가슴이 뛰지 않아요
술잔 잡고 웃고 떠드는 온기에 길들여진
한없이 누추해진 나의 바깥을 탈피 중입니다

늦은 아침 제일 먼저 하는 일이란
창을 열고 볕을 들이는 일이죠
바닥에 쭈그려 앉아서야
묵은 얼룩 닦아내듯
내 밑바닥 깊숙이 내려가 나를 통과하는 일이죠
빨래 널다가 설거지하다가
문득 온몸이 부어오르는 통증을 가만히 품고 견디는 것
내 안의 불화 어루만지며
오직 마음으로 나를 보려고 해요

내가 없는 나를 만나려 합니다
내 안에서 나를
당신 밖에서 당신을 읽는 적막이
당신에게 가는 길을 놓아주기를

그러니 이미 거기에 도착해 있는 내 들뜬 마음도
외면해주시길 청합니다

봄날, 라 보떼가 델 아르떼*

꽃을 품고 다니는 사람을 만났어 그러니까 봄비 부슬거리는 오후, 봄이 다가오는 소식에 들른 찻집에서였지 오래된 축음기와 전축이 찻집 구석구석을 날름거리는, 그래 봄이 오는 노랠 듣고 또 듣고 있는데 아직은 먼 봄빛 거느리고 그가 들어왔어 양귀비꽃 한 아름 싸안고……, 글쎄 신문지에 둘둘 만 꽃을 본 게 얼마 만이더라 말로만 듣던 꽃을 보는 경이로움일까 유리병에 꽂아놓고 이리 보고 저리 보고 있는데 그이 다시 차에 갔다 온 모양 신문지에 둘둘 만 꽃을 내게 안기네, 아네모네! 오늘 참 운수 좋은 날이야 그림을 그린다더니 정작 사람을 품고 다니는 사람이었어 당신도 기대해도 좋을 거야 노은 은구비 공원 근처 찻집에 가면 전생에 꽃씨 종족이었을 종자 퍼뜨리는 일에 살짝 이쁘게도 미친 그 여자, 혹 만나실지도

*La bottega del arte. 이태리어로 '예술의 가게', '예술 상자'라는 의미. 팝과 아트록을 접목시킨 실력과 이태리 프로그레시브 팝 밴드 이름이기도 함.

무석사

사람의 마을을 지나 사람의 가슴으로 닿아야 하네
단칸 농막과 비탈밭이 스스로 방주를 이룬 곳
제 꼴대로 자란 두릅 더덕 당귀가 향기로운 곳
발 없는 생명이 저마다 빛나는 곳
무너진 몸을 추스른 무석이
자연의 곳간을 열어
수천의 사람들에게 베푸시는 곳
짧은 밤에도 매듭이 풀리고 굳은 피가 말랑해지는
이 절은 세상에 없는
내 마음에 지은 절이라네

생의 주름에 소심小心한 대모代母의 시

최은숙·시인

저 사람이라면, 싶은 이가 있다. 누가 선뜻 나서지도 않을뿐
더러 아무에게나 쉽게 맡기기도 어려운 일이 있을 때, 보루
堡壘와도 같이 미덥게 떠오르는 사람. 함순례가 그런 사람이
다. 쉽게 달아오르지도, 식지도 않는 구들돌 같은 성품이 그
렇고, 작은 일에 바스락거리지 않는 사람됨의 크기가 그렇
고, 밖으로 보이는 진중하고 합리적인 판단의 속내에 감춰
진 세심함, 물기 있는 마음 씀, 꼭 한 사람이 필요한 어떤 지
점에서 많은 이들이 함순례를 떠올리는 건 자연스러운 일이
다. 함순례가 대전충남작가회의 사무국장을 맡아 일하는 동
안 작가회의 살림은 훈훈했다. 그녀가 2년 임기를 마친 뒤,
대전충남작가회의에는 모두가 뒤로 빼고 맡지 않으려 하는
신임 사무국장의 부담을 덜어주기 위해 '사무차장'이라는
없던 직함이 생겼다. 사무차장이 된 함순례는 기꺼이 사무
국장을 도와 2년 더 일했다.

　저 사람이라면, 그것은 일을 놓고 하는 생각만은 아니다.
우리는 스물서너 살 때 '한남문학회'라는 이름의 대학 글패
에서 만났는데 함순례는 영문과 야간학부를 다니면서 낮엔
에너지기술연구소에서 일하고 있었다. 전공학과가 아니라

한남문학회를 졸업했다고 할 만큼 우리는 학교에 있는 시간 거의 전부를 동아리 방에서 보냈다. 학교에 가서 가장 먼저 찾는 곳도, 집에 갈 때 마지막으로 들르는 곳도 동아리 방이었다. 그곳에서 시를 쓰고 합평을 하고 학습을 하고 집회 전략회의를 하고, 기타를 치며 노래를 하고 연애를 했다. 글패의 후배들은 함순례를 지극히 따르면서도 어려워했다. 학교를 졸업하고 작가회의에서 만날 때도 마찬가지였다. 함순례에게는 후배들을 아우르는 늠름함이랄까, 한 살만 어려도 확실한 아우를 삼는 형님 포스가 있었다.

매력과 질투를 동시에 느끼면서 시인 김희정에게 물었다. 순례랑 나는 동갑인데 왜 순례한테는 누나라고 하고 나한테는 선생님이라고 하는 거야? 순례가 그렇게 좋아? 내가 그렇게 멀어? 이에 김희정은 아, 그게 아니고 선생님은 취하지도 않고 우리랑 놀지도 않고 일찍 가시니까…… 하더니 소주잔을 절도 있게 내밀면서 대뜸 말꼬리를 잘랐다. 누나. 나, 오늘부터 누나라고 할게. 기 센 후배를 건드렸다가 움찔했다.

김희정이 사소하고 다감한 전화를 몇 번이나 해주지 않으면 지금까지 누나도 뭣도 못되고 어정쩡할 판이다. 함순례와, 함순례의 시 속에서 느껴지는 대모代母의 품성은 공짜로 생긴 것이 아니었다. 사람을 너그럽고 담박하게 품는 열두 폭 오지랖으로도 사람들 속에서 부대끼는 일이 쉽지만은 않았던 듯, 시편 중에 상처의 흔적이 간혹 비치곤 한다.

조선 왕실은 음악을 귀히 여겼네
왕이 승하했거나 흉년 들어 백성이 기근에 시달릴 때는
악기는 진설하되 연주하지 않았네

포기할 수 없는 풍류와 지극한 긍휼과 배려의 중첩
캄캄한 슬픔과 배고픔을 녹이는 풍경

내가 당신에게
당신이 당신에게 이웃한 말
이심전심으로 건너가라는 말

그 말씀 듣고 진종일 입이 귀에 걸렸지
부적처럼 손에 쥐고 사탕처럼 녹여 먹으며 달콤했지

차가운 질투와 애증
경쟁과 불통에 시달려 마음이 식어버렸으니
술과 사람을 피해 내내 어두웠으니

내가 나에게

당신과 당신에게

소리 없는 노랠 불러도 좋으리

—「진이부작陳而不作」 전문

오랜 시간 몸 달구고 마음 기울였더니 일 아니고는 안부가
궁금하지 않아 도무지 그리움이 타오르지 않는 자리, 작가회
의 살림지기 물려주었다 석화처럼 굳어 사람 좋아하던 속알
마저 너덜해져서

비로소

사람의 단 냄새가 등 뒤에 닿았다

살 것 같았다.

—「숨」 전문

이것이 진짜 관계다. 사람의 소용돌이 속에서 별별 꼴을
다 겪고 서로 밑바닥을 드러내 보이면서 넌더리를 내는 데
까지 간 뒤에야 비로소 '아는', 그에 대해 한마디라도 말할
거리가 있는 사이가 되는 게 아닌가. 선후배 동료 작가들이
함순례를 아끼고 허물없이 대하는 것은 함순례가 지난한 사
람의 웅덩이를 비켜가지 않았기 때문이다.

함순례의 고향은 충청북도 보은군 회인면 피반령 고개 아

랫마을이다. 지금도 토함산 잦은 고개만큼이나 구불거리는
피반령 고개는 버스가 지나가면 절벽으로 돌이 굴러떨어지
는 험한 길이었다. 함순례는 오장환 문학관이 있는 그 마을
에서 자랐다. 어린 시절 함순례는 어느 휴일에 기운 없이 자
신의 집 앞을 지나가는 친구를 보았다. 다른 동네에 사는 아
이였는데 친구 집에 놀러왔다가 돌아가는 길이라고 했다.

"그런데 너 어디 아퍼?"

"아니, 배가 고파서."

"들어와서 밥 먹고 가."

꺼니를 걱정할 만큼 어려운 집이었으니 조무래기 아이들
이 주전부리할 만한 것이 없었을 터. 그래서 이웃집 아이 함
순례가 저희 집에 불러들여 밥을 먹여 보냈다는 것이다. 그
런 밥상을 받은 친구들이 하나둘이 아니었던 모양이다.

　　　네가 차려준 밥상이 아직도 기억에 있어

　　　허기진 배를 움켜쥐고 너희 집 앞을 지나다 받았던,

　　　첫 애기 입덧 내내 네가 비벼준 열무비빔밥 간절했어

　　　네 자취방의 아침밥도 잊을 수 없어

　　　내가 차렸다는 어린 날의 밥상들이

　　　이십 년 만에 나간 동창회 자리에 그들먹하니 차려진다

　　　　　　　　　　　　　　　　　　　　　—「밥 한번 먹자」 부분

남의 고픈 사정을 알아주는 이가 대모이지 무엇이겠는가. 함순례는 '외로우니까 밥을 먹는다'고 생각하는 사람이다. "분노와 절망이 바닥을 칠 때도 배가"(「밥 한번 먹자」) 고픈 존재인 사람의 캄캄한 슬픔에 감정이입하는 시인이다. 어릴 때부터 남의 기색을 두루 살피고 밥상을 차려내는 조숙함은 어디에서 온 것일까? 홀어머니 아래서 일곱 남매가 자랐으니 식구들의 삶이 얼마나 팍팍하고 시시때때로 만고풍상을 겪어냈을지 짐작이 된다. 도서실에서 단테의 『신곡』, 존 밀턴의 『실낙원』에 심취하는 것으로 도피처를 삼던, 회인중학교 잔디밭에 앉아 친구들을 상대로 성교육을 일삼던 조숙한 산골 가시나가 시인이 되지 않았다면 오히려 이상한 일일 것이다. 고등학교 1학년 때 아버지가 돌아가시자 어머니는 자식들을 이끌고 피반령 고개를 넘어 청주시 남구 우암동 산꼭대기로 이사한다. 어머니가 하숙을 치며 꾸려 나가는 빠듯한 살림에서 넷째 딸의 대학 등록금을 여퉈 낸다는 건 스스로 생각해도 불가능했다. 날이면 날마다 대학 갈 친구들 공부하라고 주번 활동을 대신 해주고 칠판에 김소월 시를 가득 적어놓고 군데군데 괄호를 쳐서 맞추면 빵을 사주겠다면서 퀴즈 놀이를 하는 동안, 세월이 흘러 청주여고 졸업생 함순례는 하릴없이 백수가 되었다. 그런데 회인중학교의 선생님들은 졸업생의 성적까지 챙겨보는 분들이었다.

총명한 제자가 대학을 못 간 것에 충격을 받으신 그녀의 중학교 선생님이 에너지기술연구소 과장인 친오빠에게 제자의 취직을 부탁했다. 마침 발령받아 온 신임 행정부장의 비서직이 비어 있어 함순례는 스무 살에 첫 월급 십만 원을 받으면서 경제적으로 독립했다. 어머니에게 가장 걱정을 안 끼치고 알아서 잘 사는 자식이었다니 아마도 어머니의 평생은 열 손가락이 번갈아 깨물리는 아픈 세월이었을 것이다.

올백머리에 일생 한복을 입은 첫 남자, 자수성가의 표상이었다 지극히 부지런하고 흙과 나무를 다루는 솜씨가 뛰어났다 전업은 농부였으나 토정비결과 책력 보는 법을 알았다 그러나 실패라든가 휘어지는 법을 배우지 못했다 한 해 농사 홍수에 쓸려나가자 그의 정신은 맥없이 무너졌다 알코올중독자가 되어갔다 세상에 대한 의심 키우며 자신을 학대했다 어느 신새벽 뜰팡에 쭈그려 앉아 그 징글징글한 의심의 아가리에 농약을 들이부었다 생전 다져놓은 마당이 가뿐하게 그의 몸을 받아주었다

열넷에 학업을 작파한 두 번째 남자, 스물한 살에 가장이 되자 우사 늘리고 소를 사들였다 산밭 가득 뽕나무 심었다 소값 파동이 불어닥쳤고 뽕밭은 풀숲이 되어갔다 덤프트럭 운

전을 했고 화원을 차렸다 거칠기 짝이 없는 그가 풍란을 다루는 솜씨만은 예술이었지만 근면의 밑끝은 짧디짧았다 사업이 자릴 잡기 시작하면 으레 사람을 부렸다 손대는 족족 말아드셨다 누구는 매사 운이 따르지 않은 탓이라 안타까워했고 누구는 게으름은 하나님도 구원하지 못한다는 말로 치부했다 인간의 숲에서는 무얼 해도 춥고 배고팠던 그는 풍란 캐러 산으로 갔다가 돌아오지 않았다 어느 낯선 하늘의 행불자를 선택했다

—「세 남자의 독법」 부분

함순례로 하여금 슬픔과 고통을 향해 본능적으로 고개를 돌리는 사람이 되게 한 이들은 가계도 안의 인물들일 것이라고 짐작되는 '남자들'이다. 흙과 나무를 다루는 솜씨가 뛰어나며 토정비결과 책력 보는 법을 알던 첫 번째 남자, 한눈에도 범상치 않아 보이는 그는 한 해 농사를 휩쓸어간 홍수를 감당하지 못하고 알코올중독자로 살다 세상을 버렸다. 열넷에 학업을 작파한 두 번째 남자는 또 어떤가? 소값 파동을 시작으로 손대는 사업마다 족족 말아드시다가 풍란을 캐러 간다면서 집을 나가 행불자가 되었고, 인용하지는 않았지만 세 번째 남자 역시 평탄치 않다. 경찰공무원시험에 합격하여 집안의 유일한 공무원으로서 기둥을 세워줄까 싶더

니 첫사랑에 홀려 돌연 사표를 써서 던지고 야반도주를 하고 만다. 이들의 공통점은 질기지 못하고 약지도 못하고 농간도 부릴 줄 모르는 장삼이사張三李四들이란 것이다. 그들이 상상할 수 없는 법칙에 의해 엄청난 속도로 돌아가는 인간의 숲에서는 무얼 해도 춥고 배고플 수밖에 없는 사람들이란 것이다.

> 좁쌀만 한 점으로 나와 톱밥 삼키며 건디다가
> 가까스로 껍질 벗고
> 늠름한 뿔로 암컷에 닻을 내릴 수 있었으니
> 그 밤들이 참으로 깊고 후끈했다는 거
> 차마 다 전하지 못하겠다
>
> 그는 돌아, 갔다
> 우렁우렁한 목청으로 비바람을 경작했던 아버지
> 수컷의 신화를 남긴 채
> 눈물 한 자락 훔칠 여백조차 지우고 갔다
>
> ―「장수풍뎅이」 부분

이들의 삶이란 그런 것이다. "좁쌀만 한 점으로 세상에 나와 톱밥 삼키며 건디다가/ 가까스로 껍질 벗고/ 늠름한 뿔로

암컷에 닻을 내릴 수 있었으니/ 그 밤들이 참으로 깊고 후끈
했다는 거/ 차마 다 전하지 못하겠다” 하고 소리 내어 읽고
있으면 가슴이 먹먹해온다. 어쩌면 자본의 잔인한 유린을
당한 아메리카 원주민의 최후를 보는 듯한 느낌을 주는 이
시는 「검은무당벌레」와도 맥락이 닿아 있다.

　수목 소독을 하자

　벌레들이 우수수 떨어졌다

　배를 뒤집은 채 가느다란 다리 바르르 떨고 있거나

　지나가는 걸음에 밟혀 온통 으깨져 있거나

　꼼짝 않고 인도에 처박혀 있는

　주검의 잔해 낭자했다

　목련나무 아래서였다

　나무에 깃들어 붉은 열매 쪼아 먹고

　이파리를 갉아 먹던

　벌레들의 생애가 한순간에 지나간 것이다

　누군가는 까치발 세워 그 자릴 건너가고

　누군가는 아예 멀리 돌아가고

　몇몇은 성큼성큼 밟고 간다

　스산한 가을바람이 타살의 흔적을 지우며

　자디잘게 부서지는 동안

목련 잎잎은 수런수런 저녁에 닿고 있었다

―「검은무당벌레」 전문

　나무에 깃들어 붉은 열매 쪼아 먹고, 이파리를 갉아 먹고 사는 순한 생애는 죄가 없어도 한순간에 우수수 쏟아져버릴 수 있다. 누군가는 아예 관심도 두려 하지 않고 피해 가고 누군가는 아무렇지도 않게 밟고 가는 죽음, 함순례는 그것을 '타살'이라고 짚었다. 힘없는 삶에 대한 외면과 침묵도 타살이다. 숨죽여 수런거리는 소심한 목소리라도 있어야 시인이 사는 세상 아닌가? 아버지의 절망을 무책임한 처사라 여기며 용납하지 않았을 때 그는 시를 쓰지 못했다. 우렁우렁한 목청으로 비바람을 경작했던 아버지, 한때는 늠름한 뿔을 가졌던 아버지의 좌절이 내 가계도에서 일어난 사적인 일이 아니라는 것을 깨닫게 되면서 함순례의 시는 목소리를 얻기 시작했을 것이다. 당신의 자식과도 같은 논밭이 홍수에 휩쓸릴 때 허우적거리며 같이 떠내려가다가 나뭇가지를 붙잡고 목숨을 건진 뒤 아버지는 삼 년 내내 술에 취해 논밭을 뒤덮은 돌을 골라냈다. 아버지는 최선을 다해 사셨다.

　함순례가 '내 안의 똘끼'라고 부르는 어떤 것들─원칙을 벗어나는 일에 타협하지 않는 고지식함, 한 번 정한 약속을 허물지 않는 지독함 그리고 애매한 것, 어정쩡한 것을 못 견디는 결벽증은 장수풍뎅이와 검은무당벌레들의 아픈 생애를 함께 겪어내면서 생긴 혐오의 소산일지도 모른다. 부조리하고, 연민 없는 세상에 대한, 원칙도 신뢰도 없는 천박한 세상에 대한 슬픔 말이다. 그래서 생명 있는 것들이 어디에도 갇히지 않고 각기 싱싱한 존재감을 발하는 순간을 포착할 때 함순례의 시어는 싱싱하고 뜨겁다. "검정 물들인/ 뽀글뽀글 파마머리들이" "육 박자 쿵짝" 카세트테이프에 맞춰 "놋요강 같은 궁둥이를 돌리고 있"는 「금성공원 약수터」의 풍경은 얼마나 꽃다우며 "일 년에 두세 번 큰물 지면/ 진둠벙 각시둠벙 몸을 섞는데/ 붕어 참종개 콩중이 검은물잠자리/ 달뿌리풀 버드나무 왜가리 흰뺨검둥오리/ 너구리 고라니 멧돼지 오소리 수달/ 죄 몰려나와 들러리 선다"는 「천내습지」는 얼마나 황홀한가? "막 빚어 올린 꽃술을 이기지" 못하고, 천 개 알을 방사하고도 혈기왕성하여 "또 한 번/ 사천왕 같은 눈을 굴리며/ 발아래 봄 산을 눕히고 있는" 저 「화암사 도롱뇽」은 얼마나 짜릿한가?

함순례가 생명이 작용하는 순간들에 감응하는 것은 그에게 어미의 품이 있기 때문이다. 어미는 오갈 든 것들을 밀어내지 않는다. 금 간 것은 붙여 쓰고 떨어진 것은 꿰매 쓰는 것이 어미의 손길이다. 병든 몸은 다독이고 눌린 기는 펴주며 어미는 구석에 뒤처진 온갖 군상을 품는다.

태풍이 몰아쳐도 오봉은 달린다
포구의 꽃 김 양은 거센 파도 밀려오는 선창에 스쿠터를 댄다

먼 바다와 맞장 뜰 일에 눈 벌겋던 사내의 어깨가
다방커피에 녹아들며 은근슬쩍 김 양의 허벅지로 쏠린다

서로서로 깍지 낀 채 스크럼을 짜는 폭풍전야

아가 어르듯 말 같은 사내를 받아내고 있는 저 무릎 안장에
엎드려
나도 그만 인간적으로, 수컷이 되고 싶은 그런 날이다

—「감포」 전문

"태풍이 몰아쳐도 오봉은 달린다".

함순례의 시집을 읽고 난 뒤 음악처럼 경쾌하게 입안을 맴
도는 시행들이 있는데 그중의 하나가 이것이다. "서로서로
깍지 낀 채 스크럼을 짜는 폭풍전야"도 그렇다. 태풍 직전의
팽팽한 긴장감, 파손 방지를 위해 배와 배가 묶이듯 태풍이라
는 피할 수 없는 조건 앞에서 동일한 처지로 묶이는 사람들의
연대감, 그 사이를 김 양의 스쿠터가 오봉을 싣고 달린다. 태

풍은 늘 오가는 것이란 듯이, 다 별거 아니라는 듯이 탈탈 달린다. 묘하게도 긴장을 해소하고 위안을 주는 존재, 아기 어르듯 말 같은 사내를 무릎에 받아주는 포구의 꽃 '김 양'에게서 나는 어미의 심상心象을 본다. 새끼를 품은 어미는 세사에 시달려도 고래 심줄같이 강하고, 동시에 물에 젖은 종이처럼 약하다.

　　새로 도배하면서 감쪽같이 스피커를 봉했다

　　시도 때도 없이 고요를 흔들고 가는 방송이

　　슬쩍 귀찮았던 것인데

　　옥상 난간엘 두 번이나 오르내린 사춘기 아들 쓸어안고

　　먹장처럼 깜깜한 날

　　벽지 한 장의 긴장을 뚫고 또 그가 왔다

　　꽃무늬 가면을 쓰고 저리 또렷한 소릴 내다니!

　　황사 걷혔으니 창문을 열라는

　　굵고 지긋하신 목소리가

　　내 안 둥그런 슬픔의 물관 파고들어서

　　얼굴 없는 그를 아득히 올려다본다

　　매번 차임벨로 노크하고

　　헛기침 두어 번으로 가다듬지만

　　밤잠 설친 듯 목소리 탁할 때도 있는 걸 보면

그에게도 거둬야 할 식솔들이 있으리라

휘파람 불며 스쳐 가도 그만인

내 눅진한 살림 안쪽으로 줄기차게 말을 건네는

저 지극함은 무언가, 그러므로

딴살림 챙기며 늙어가는 그의 본색은

벽 안 살림,

어리석은 내가 끝내

봉인할 수 없는

―「벽 안에 사람이 산다」 전문

"옥상 난간엘 두 번이나 오르내린 사춘기 아들 쓸어안고/ 먹장처럼 깜깜한 날"에 아파트 관리인 아저씨가 "황사 걷혔으니 창문을 열라"고 한다. "눅진한 살림 안쪽으로 줄기차게 말을 건네는" 사람의 목소리에 흔들릴 때 사람은 세상을 살아갈 힘을 회복한다. 사람의 숲은 참으로 징그럽지만, 그것을 외면하면 우리의 예술은 보잘것없다. 사람들 사이에서 복작이고 부대끼면서 물기를 잃지 않고 어떻게든 살아내는 일이 남도 살리는 일일 것이다. 그러니 '살림'이란 얼마나 자주 물에 젖은 종잇장처럼 소리 없이 찢기는 일인가.

함순례의 아들 녀석은 "하루쯤 학원 좀 쉬자 하더니" 어미가 조는 틈에 사라져 얼굴이 뿔그족족해져서 돌아와서는

술 냄새를 풍기면서 "모든 게 갑갑하다고/ 불안하고 두려워
미치겠다고/ 왈칵 눈물을 쏟아"내는 사춘기 고등학생이다.
그리고 그 어미는 어떤 사람인가 하면 "가슴 철렁 쓰라린 에
미 속을 위한 국물인 줄/ 아는지 모르는지" 콩나물 황태국
한 그릇 말끔히 비우고 "속이 풀리신 아들 녀석/ 가방 메고
짐짓 아무렇지도 않다는 듯/ 현관을 나서는"(이상 「술국」) 뒷
모습을 짐짓 아무렇지도 않게 배웅하는 캐릭터다. 그런가
하면 수염 깎는 남자가 되려 하는 아들을 두고 다른 어미들
처럼 한세상 포효하는 대장부 사내를 상상해보는 여인네이
기도 한데 아들은 보기 좋게 꿀밤을 먹인다. 엄마, 정신 차리
셔. 엄마가 살아온 세상, 그거 아니잖아? 하듯이.

아들도 남자가 되려 한다
주민등록증 발급 기념으로 면도기 선물을 받고 싶단다
나지도 않은 수염 깎겠다고
수염 깎는 법을 가르쳐달라고 조르더니
이젠 아빠 것 말고 제 것을 갖고 싶단다

열여덟 살이면
세상 거머쥐고 싶은 게 생길 나이
뿌리가 근질거리고 온몸 뿌듯해져오는가

일생 제 자식이 포효할 날이 오리란 믿음을 놓지 않는 어미

본능적으로

사냥감 쫓아 숲 속을 맹진하는 붉은 호랑이 그려보는데

욕실에서 나온 아들이

한결 착해 보이는 얼굴 들이밀며 씽긋, 웃는다

엄마 새해 복 받으셔

—「면도 세배」부분

어미의 너털웃음이 들리는 것 같고 아들내미의 토끼같이 순한 얼굴이 떠오르는 것 같다. 기분이 좋다. 함순례의 아들이 어련하겠는가 싶다. 녀석은 사냥감 쫓아 숲 속을 맹진하는 호랑이보다는 그렇게 날뛰는 맹수들의 숲에서 여린 것들이 목을 축이는 옹달샘 같은, 그들이 살 만한 세상을 연주하는 푸른 바람 같은 존재가 될 것이다. 함순례라는 사람에게 묘하게 조화를 이루고 있는 단단함과 여린 가슴앓이, 일을 추슬러내는 추진력과 수줍은 머뭇거림, 엄격함과 한결같은 따스함이 함순례를 흔치 않은 살림꾼의 모습으로 키웠듯이 그의 아들도 그렇게 키워낼 것이다. 작가회의 살림을 할 때도 그렇고, 사람이 맑고 깊은 물 같아서 노자老子라 불리는

남편 윤영진 씨와 출판사 일을 꾸려가고 있는 지금도 그렇고, 저 크지도 작지도 않은 아담한 몸에서 저리도 야무진 기운이 나오는가, 감탄하다가도 저를 위해선 바보 같을 만큼 챙김이 없는 함순례를 보면 웃음이 나곤 한다. 저보다 남의 주름을 살피는 오지랖은 떡잎 시절부터였던 듯 회인중학교 학생 시절에 치렀다는 첫사랑 이야기는 딱 함순례의 초상이다.

첫사랑 남자애는 좋아하는 여자 친구가 따로 있어서 말도 못 하고 덤덤함을 가장하여 지내고 있었는데 하필이면 그 애가 보이스카우트 여름 수련회를 떠난 사이에 그 애의 사랑인 은주가 (뜻밖의 사고로) 세상을 떠났다. 아이들은 친구 은주의 관을 들고 무덤까지 배웅했다. 그 충격이 너무 커서 밤에도 가위에 눌리고 헛것을 보곤 했다고 한다. 그런데 함순례는 제 충격보다도 그 애가 수련회에서 돌아오면 무슨 말로 은주의 죽음을 알려야 할지가 더 걱정이었다. 마침내 수련회 갔던 버스가 돌아오는 날 함순례는 운동장에 나가 첫사랑을 기다렸다가 은주의 무덤에 데려다 주었다. 가서 뭘 했느냐고 했더니 뒤에 서 있다가 같이 내려왔다고 했다. 쩝…….

"네 시詩는 너무 착해"(「역방향」)라는 말이 마음에서 삭지 않을 때도 있고 "이름에 달라붙은 순할 順/ 이 무구한 업을 시시하다 여기며/ 독하게 몸을 달궈" 보기도 했다지만, 나는 함순례에게 순해야 한다고, 순할 수밖에 없다고 말하고 싶다. 더 바보 같아도 괜찮다고 하고 싶다. 그의 시가 말하는 것처럼 "별다른 양념 없이 구들구들하게 쪄낸 물메기찜"의 "무르고 연한 살성"(이상 「맛의 처소」)을 타고난 사람은 살성대로 살아가는 것이 삶의 곳간 처처에 맛을 들이는 일이기 때문이다.

"생은 결을 만져주는 일, 누군가의 결을 쓸어주는 건 뒤란 보이지 않는 주름에 소심하는 일"(「소심」)이라고 시인은 말했다. 결을 쓰다듬는 것은 순順하게 응해준다는 것이다. 그렇게 순하느라 역행하기도 하고 돌아앉기도 하고 떠돌기도 했던 시간을 함순례의 시편들 속에서 더듬어가면서 나는 눈시울이 뜨거웠다. 배고픈 친구에게 밥 한 끼 차려주는 일, 슬픔과 고통에 맞닥뜨릴 남자 친구를 빈 운동장에서 기다리는 일, 열병을 앓는 아들에게 콩나물 황태국 한 그릇 끓여 먹이는 일, 그렇게 삶의 보이지 않는 주름들을 두루 살펴온 시간이 그녀의 시에 대모의 품격을 완성해주었다는 것을 알았다.

마흔 지나자 손님이 찾아왔다
위아래 나란히 혹이 생겼다
본래 악한 녀석들은 아니라 하니
잘 모시고 잘 사귀어보기로 했다

손님도 때때로 기침 큼큼

자신의 존재를 알렸다

유방 한쪽이 찌르르—

예리한 날에 찔린 듯 아파온다거나

종종 허리가 시큰거리고 아랫배가 묵직해지곤 했다

내 안에 무언가 돋아나 단단해지고 있다는 거

미처 소화해내지 못한 내생의 환幻들이다

다른 세상과 눈 맞출 궁리나 하면서

새끼 치고 싶은 욕망에 들끓는 짐승처럼

사십여 년 내리 굴려온 몸이

이제 나를 부리고 가겠다는 신호

혹시나, 우주 너머

잃어버린 나에게 건너가는 환지통은 아닐까

―「혹시나」 부분

시인 함순례는 이제 남들이 내어놓은 길에서 벗어나 제
길을 걷기로 한 것 같다. 그의 길이 아니었던 것들, 소화해낼
수 없는 것들은 환幻이라는 걸 깨달은 것 같다. 그가 걷고자
하는 길이 "슬픈 낙타 발굽 소리와 모래바람의 숨통을"(「순
례기」) 여는 길이란 것을 신뢰한다. 사람의 마을을 지나 사람
의 가슴으로 닿는 아름다운 길, 거기에 함순례가 다다르고

싶어 하는 절 한 채가 있다. 내 친구 함순례와 배낭을 번갈아
메면서 동행하고 싶다. 그곳에 함께 이르고 싶다.

사람의 마을을 지나 사람의 가슴으로 닿아야 하네

단칸 농막과 비탈밭이 스스로 방주를 이룬 곳

제 꼴대로 자란 두릅 더덕 당귀가 향기로운 곳

발 없는 생명이 저마다 빛나는 곳

무너진 몸을 추스른 무석이

자연의 곳간을 열어

수천의 사람들에게 베푸시는 곳

짧은 밤에도 매듭이 풀리고 굳은 피가 말랑해지는

이 절은 세상에 없는

내 마음에 지은 절이라네

―「무석사」 전문